Petit Lapin Blanc
va se coucher

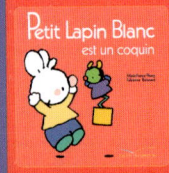

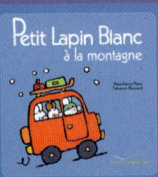

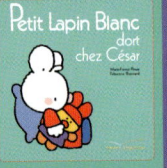

Petit Lapin Blanc
va se coucher

Marie-France Floury
Fabienne Boisnard

Gautier · Languereau

C'est le soir, Petit Lapin Blanc
et Petite Sœur prennent un bon bain.
« Moi, j'enlève mes habits
tout seul ! dit Petit Lapin Blanc,
comme un grand ! »

Après le dîner, il a le droit
de jouer un peu.
« Tu veux que je te raconte
une histoire, Petite Sœur ?
Mais comme tu es encore bébé,
tu te coucheras en premier ! »

Petite Sœur s'endort très vite.
Pendant ce temps, Maman raconte
une histoire. Mais, à la fin du livre,
Petit Lapin Blanc proteste :
« Oh non, je ne veux pas dormir
tout de suite ! »

« L'histoire est finie. Vite, au lit !
— Non, répond Petit Lapin Blanc,
Doudou va faire un petit pipi !
— Et toi aussi, mon chéri ! »

« Voilà, dit Maman.
Tu es prêt, maintenant !
— Mais Doudou a froid, il veut
une couverture. Et puis, il s'ennuie,
il lui faut ses copains pour la nuit. »

« Et Papa ? dit Petit Lapin Blanc,
il ne m'a pas fait de bisou ! »
Papa vient lui souhaiter une bonne nuit.
« Dors bien, mon chéri, à demain. »

Petit Lapin Blanc s'endort enfin.
Mais au milieu de la nuit,
il se réveille en sursaut.

Petit Lapin Blanc sort de son lit en pleurant.
« Papa, Maman ! J'ai peur, j'ai fait un cauchemar ! »

« Ce n'était qu'un mauvais rêve, dit Papa. Tu n'as rien à craindre, nous sommes là.
Demain, on va bien s'amuser, tu verras ! »

Directeur, **Frédérique de Buron**
Directeur éditorial, **Brigitte Leblanc**
Directeur artistique, **Maryvonne Denizet**
Maquette, **Véronique Tessier**
Secrétariat d'édition, **Caroline Noudelmann**
Fabrication, **Virginie Vassart-Cugini**

© 2008, Hachette Livre / Gautier-Languereau.
ISBN : 978-2-01-225049-9
Dépôt légal janvier 2009
Achevé d'imprimer en novembre 2015 – édition 07.
Loi n°49.956 du 16 juillet 1949
sur les publications destinées à la jeunesse.
Imprimé par Macrolibros en Espagne.

PAPIER À BASE DE
FIBRES CERTIFIÉES

Gautier • Languereau
s'engage pour l'environnement
en réduisant l'empreinte carbone
de ses livres.
Celle de cet exemplaire est de :
200 g éq. CO₂
Rendez-vous sur
www.gautier-languereau-durable.fr

 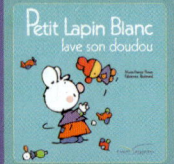 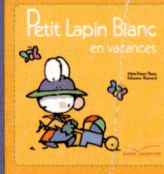 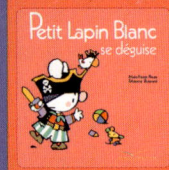 

   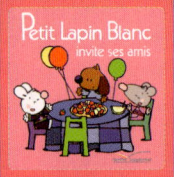 

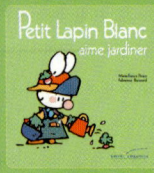    

Petit Lapin Bla

pour grandi

tendrement